# La chasse aux œufs de Pâques

D1241719

Sierra Harimann

Illustrations : The Artifact Group

Texte français de Marie-Andrée Clermont

*Éditions*
**SCHOLASTIC**

Catalogage avant publication de Bibliothèque et Archives Canada

Harimann, Sierra
[Easter egg hunt. Français]
La chasse aux œufs de Pâques / Sierra Harimann ; illustrations
de Artifact Group ; texte français de Marie-Andrée Clermont.

(Puppy in my pocket)
Traduction de : Easter egg hunt.
ISBN 978-1-4431-4342-4 (couverture souple)
I. Clermont, Marie-Andrée, traducteur II. Artifact Group,
illustrateur III. Titre. IV. Titre : Easter egg hunt. Français.
PZ23.H367Cha 2015        j813'.6        C2014-907300-3

Copyright © MEG, 2014.
Copyright © Éditions Scholastic, 2015, pour le texte français.
Tous droits réservés.

Conception graphique d'Angela Jun.

PUPPY IN MY POCKET® et tous les titres, logos et personnages associés sont des marques déposées de
MEG. Avec l'autorisation de Licensing Works!®

Il est interdit de reproduire, d'enregistrer ou de diffuser, en tout ou en partie, le présent ouvrage par
quelque procédé que ce soit, électronique, mécanique, photographique, sonore, magnétique ou autre,
sans avoir obtenu au préalable l'autorisation écrite de l'éditeur. Pour toute information concernant les
droits, s'adresser à Scholastic Inc., 557 Broadway, New York, NY 10012, É.-U.

Édition publiée par les Éditions Scholastic, 604, rue King Ouest, Toronto (Ontario) M5V 1E1.

5 4 3 2 1    Imprimé au Canada 119    15 16 17 18 19

À son réveil, Sammy aperçoit le soleil qui filtre par les fenêtres. Une belle journée de printemps se lève sur Puppyville.

— Youpi! aboie Sammy joyeusement. Finie la pluie et vive le soleil!

Elle descend au rez-de-chaussée où Fuji prépare
le déjeuner.

— Miam! Que ça sent bon! dit Sammy. Qu'est-ce que
tu fricotes?

— Des crêpes aux bananes, répond Fuji. Tu en veux?

— Oui, super! Merci! jappe gaiement Sammy. J'ai besoin d'énergie, aujourd'hui. Je vais monter au grenier pour chercher les œufs en plastique qui ont servi à la chasse aux œufs de Pâques, l'an dernier. Ça risque d'être long parce que je ne me souviens plus où je les ai rangés, et c'est un vrai fouillis là-haut.

Montana entre dans la cuisine.

— Oh! J'adore la chasse aux œufs de Pâques du manoir de Puppyville! s'écrie-t-elle.

— Tant mieux, répond Fuji en faisant sauter une autre crêpe, parce que Sammy va avoir besoin d'aide pour aller à la chasse *avant* la chasse aux œufs.

— Hein? fait Montana, perplexe.

— Je dois trouver les œufs en plastique dans le grenier, mais j'ai oublié où je les ai mis. Alors on va devoir aller à la chasse deux fois : aujourd'hui, et pour Pâques! explique Sammy en riant.

— Ça sera sûrement amusant, aboie Montana.
Je t'aiderai avec plaisir. J'adore explorer le grenier.
Il y a tellement de chouettes vieilleries là-haut!

— Fantastique! répond Sammy. On va s'y mettre tout de suite après le déjeuner. Tu veux venir avec nous, Fuji?

— Bien sûr, pourquoi pas? dit Fuji.

Une fois les crêpes avalées, Montana, Fuji et Sammy filent au grenier. En chemin, elles rencontrent Gigi et Spike qui se joignent à elles.

— Oh là là! s'écrie Montana en atteignant le haut de l'échelle. Quel bric-à-brac! Je me demande comment on va faire pour retrouver les œufs.

Les chiots regardent autour d'eux, impressionnés.
Il y a des livres poussiéreux, des boîtes et des coffres
mystérieux, de vieux vêtements suspendus et des
jouets un peu partout.

— Dites donc! s'exclame Gigi. Regardez cette maison
de poupées pour chiots. Elle est magnifique!

— Oui, elle est vraiment belle! renchérit Montana. Mes cousins Lenny et Maxwell l'adoreraient. Si on la rafistolait pour leur donner?

— Oui! s'exclame Gigi. Quelle idée merveilleuse!

— Ce serait super, approuve Fuji tout en farfouillant dans des boîtes d'équipement sportif. Mais n'oublions pas que nous sommes venus aider Sammy à trouver les fameux œufs de Pâques.

Les chiots cherchent dans des boîtes, des caisses, des paniers et sur des étagères débordant d'objets divers. Fuji trouve une boule disco et Sammy déniche de vieux patins à roulettes aux lacets brisés.

Gigi repère un coffre rempli de chapeaux démodés et Montana découvre un service à thé ébréché, mais élégant. Spike trouve même une boîte de trains anciens. Mais pas la moindre trace des œufs de Pâques.

— Tu as une idée de l'endroit où tu les aurais rangés l'an dernier, Sammy? demande Spike.

Sammy fait non de la tête.

— Je ne m'en souviens pas, soupire-t-elle tristement. Ils resteront peut-être cachés pour toujours.

— Attendez! J'ai une idée! aboie soudain Montana.
Sammy, je sais que tu tenais vraiment à notre chasse
aux œufs, mais nous pourrions faire quelque chose
de différent cette année, et de tout à fait spécial :
organiser un élégant goûter de Pâques! Il suffit de
dépoussiérer ce service à thé.

— Montana a raison, approuve Gigi. Ce coffre est rempli de chapeaux qu'on pourrait porter. Et il y a ces vêtements avec lesquels on pourrait se costumer.

Elle désigne un portemanteau derrière elle où sont suspendus des boas de plumes, des robes à paillettes et des écharpes colorées.

Spike se racle la gorge.

— C'est une idée formidable, Gigi, dit-il. Je connais même une chanson sur les chapeaux de Pâques.

Il fredonne alors un petit refrain. Les autres chiots applaudissent son numéro impromptu; Spike est si gêné que ses joues deviennent rouges.

— Oh là là! aboie soudain Gigi. Merci beaucoup, Spike! Ta chanson me donne une idée géniale. Que diriez-vous de lancer un concours de chapeaux de fantaisie? On pourrait les parer avec les babioles qu'on a trouvées ici au grenier et, ensuite, décerner des prix aux créations les plus réussies.

Sammy est un peu déçue de renoncer à la chasse aux œufs de Pâques, mais les idées de Montana et de Gigi lui paraissent aussi très amusantes.

— D'accord, dit-elle. Organisons donc le tout premier goûter de Pâques du manoir de Puppyville, doublé d'un concours de chapeaux!

Les chiots se mettent aussitôt à l'ouvrage. Avec des bijoux en verroterie dénichés au grenier, Gigi décore une capeline. Montana découvre un vieil oreiller de plumes éventré. Elle décide de teindre les plumes de diverses couleurs pour en orner son chapeau.

Sammy s'affaire à fabriquer de magnifiques fleurs en tissu pour embellir son chapeau. Mais, même si c'est amusant de se préparer pour le goûter, elle ne peut s'empêcher de penser à ses œufs de Pâques introuvables.

Pendant que les autres chiots travaillent à leurs
chapeaux, Fuji et Spike planifient le menu du goûter.
— J'adore le thé glacé à la menthe, jappe Spike.
Est-ce qu'on peut en servir à notre fête de Pâques?

— Mais bien sûr, Spike, répond Fuji en ouvrant le frigo pour voir ce qu'ils pourraient préparer. On fera aussi bouillir ces œufs pour en faire des sandwiches.

Montana laisse soudain tomber son pinceau.

— *Eurêka!* s'exclame-t-elle. Je sais comment organiser une chasse aux œufs et un goûter!

— Vraiment? aboie joyeusement Sammy. Mais comment?

Montana brandit un œuf et son pinceau.

— On fait bouillir des œufs, explique-t-elle. Ensuite, on les peint et on les cache dans le jardin autour du manoir de Puppyville pour la chasse aux œufs.

— C'est une excellente idée, Montana! s'exclame Sammy.

Dès que les œufs sont prêts, les chiots s'emploient à les peindre.

— Comme ils sont appétissants! remarque Sammy. Et tellement plus jolis que les œufs en plastique de l'an passé!

Le matin de Pâques, Sammy se réveille très tôt.
Elle cache les œufs pour que ses amis puissent les
chercher plus tard.

Les chiots s'amusent beaucoup pendant la chasse aux œufs de Pâques.

— En voilà un! aboie Fuji en découvrant un œuf dans une platebande de fleurs.

— Et un autre ici! s'écrie Gigi. Hé, on a plus de chance que dans le grenier, pas vrai? Ici au moins, on les trouve, les œufs!

Les chiots éclatent de rire.

Après la chasse aux œufs, ils admirent les chapeaux et les évaluent, un par un. Gigi gagne le prix du chapeau le plus brillant. Celui de Montana est jugé le plus haut en couleur, et Sammy remporte la palme de la création la plus jolie. Spike obtient le prix du plus petit couvre-chef et Fuji, celui du chapeau le plus original.

Les chiots lèvent leurs tasses en riant.

— Portons un toast au succès de notre élégant goûter de Pâques, commence Sammy.

— Et à notre concours de chapeaux de fantaisie, enchaîne Montana.

— Ainsi qu'à notre *œuf-phorique* chasse aux œufs! jappe Spike.